아버지의 이상한 유언

* 이 글은 『서울民俗大觀』 6. 구전설화편(서울특별시, 1994)에 실린
「아버지의 유언을 따라 성공한 셋째 아들」을 재구성한 것입니다.

어르신 이야기책 _311 긴글

아버지의 이상한 유언

초판 1쇄 발행일 2023년 2월 20일

지은이 나은주
그린이 낙송재
펴낸이 이원중

펴낸곳 지성사 출판등록일 1993년 12월 9일 등록번호 제10-916호
주소 (03458) 서울시 은평구 진흥로 68, 2층
전화 (02) 335-5494 팩스 (02) 335-5496
홈페이지 www.jisungsa.co.kr 이메일 jisungsa@hanmail.net

© 나은주 · 낙송재, 2023

ISBN 978-89-7889-524-8 (03810)

아버지의 이상한 유언

나은주 글 · 낙송재 그림

지성사

옛날, 어느 곳에 아주 용한 풍수가 살고 있었다네.

얼마나 묏자리를 잘 보는지, 그 풍수의 집은 돌아가신

조상의 묏자리를 부탁하러 오는 사람들로 문턱이 닳을

지경이었지.

그가 일러준 대로 묘를 쓰면 쓰러져 가던 집안도 와락

일어난다는 거야.

그 소문에 혹하지 않을 사람이 어디 있겠나?

한양은 물론 함경도, 전라도, 경상도까지 삽시간에

퍼질 수밖에.

하지만 그 풍수는 아무에게나 묏자리를 봐주지 않았어.

묏자리를 부탁하러 온 사람이 고인을 생전에 잘 모셨는지,

천덕꾸러기처럼 구박을 했는지 까다롭게 심사를 했다는

거야.

자신을 찾아온 사람의 얼굴을 찬찬히 들여다보면 풍수는

그의 과거 행동을 볼 수 있는 신통력이 있었다지, 아마.

부모님이 살아계실 땐 골방에 밀쳐두었다가 돌아가신 후 묏자리나 잘 써서 후손들이 부귀영화를 누려보자는 심산으로 찾아온 자는 호통을 쳐서 내쫓았네. 그렇지만 효심이 깊은 사람이면 행장을 꾸려 먼저 나섰지.

그 정도로 유명하면 돈을 쓸어 담았을 거라고?

그러게 말일세. 그러면 고래 등 같은 기와집에 하인도 여럿 거느리고 살았을 법한데 풍수의 초가집은 변함없이 늘 그 모양이었다네. 효심 깊은 자손들에게 결코 돈을 많이 받지 않는 게 그의 평생 철칙이었거든.

아무리 멀어도 오고갈 때 드는 노자와 주막에서 국밥
한 그릇에 막걸리 한 병 마실 수 있는 수고비 이외에는 절대
큰돈을 받지 않았다네.

고마운 마음에 몇 냥이라도 더 봇짐 속에 몰래 넣어두면,
오던 길을 도로 가서 기어이 되돌려주고야 마는 성격이었지.

세월이 흐르고 흘러 풍수도 많이 늙었어.

심심산골을 날 듯이 누비던 다리에는 힘이 빠지고
꼿꼿하던 허리도 굽어 나중엔 문밖출입이 어려워졌지.
그러다가 끝내 곡기마저 끊었다네.

자신의 죽음을 예감한 풍수는 조용히 세 아들을 불러

앉혔어.

"내가 너희를 보는 것도 이제 얼마 남지 않았구나."

아버지가 마지막 인사를 하시는구나 싶어 세 아들은

입술을 꼭 깨물며 울음을 참았어.

"지금부터 내가 하는 말을

잘 듣고, 힘들더라도 꼭 그대로

따라주길 바란다."

세 아들을 지그시 바라보며 풍수가 말을 이어갔네.

"내가 죽거든 내 목을 베어 뒷산 꼭대기에 있는 못 속에
안장해 다오. 지금은 그 못에 물이 가득 차 있지만 연못
정북향에 말뚝을 하나 박아놓으면 못 속의 물이 저절로
사라질 것이다. 애비 말 명심하거라."

묫자리 잘 보기로 유명하던 풍수는 이상한 유언을 남기고
숨을 거두었어.

평소 효자였던 삼 형제는 사흘 밤낮을 목 놓아 울었지.
그러나 정작 아버지 묘를 어떻게 쓸지는 쉽게 결정을
내리지 못했다네.

고심 끝에 맏아들이 입을 열었지.

"아버지의 유언이라면 마땅히 들어드리는 게 도리이지만 이건 도저히 있을 수 없는 일이다. 돌아가신 아버지의 목을 베다니…… 그건 끔찍한 불효야! 그냥 양지바른 선산에 모시도록 하자."

"알겠습니다, 형님. 당연히 그래야지요."

둘째 아들도 고개를 끄덕였어. 누구보다 명당을 잘 가려내던 풍수였는데 그 풍수를 못 속에 안장했다고 하면 사람들이 얼마나 비웃겠는가? 천하의 불효자라고 손가락질할 게 뻔하지 않겠나.

어려운 결정을 내리느라 힘이 들었는지 두 형들은
일찌감치 쓰러져 잠이 들었어.

침울한 얼굴로 앉아 있던 셋째 아들은 잠든 형들을
바라보며 결심했지.

'형님들 마음을 이해는 하지만 아버지의 유언을 거역할 순
없어. 아버지의 유언을 거스르는 게 더 큰 불효 아닌가.'

셋째 아들은 아버지 시신을 모셔놓은 방으로 들어갔다네.
다리가 후들거리고 온몸에 식은땀이 흘렀어. 셋째 아들은
눈을 감고 있는 아버지의 얼굴을 차마 볼 수가 없었지.

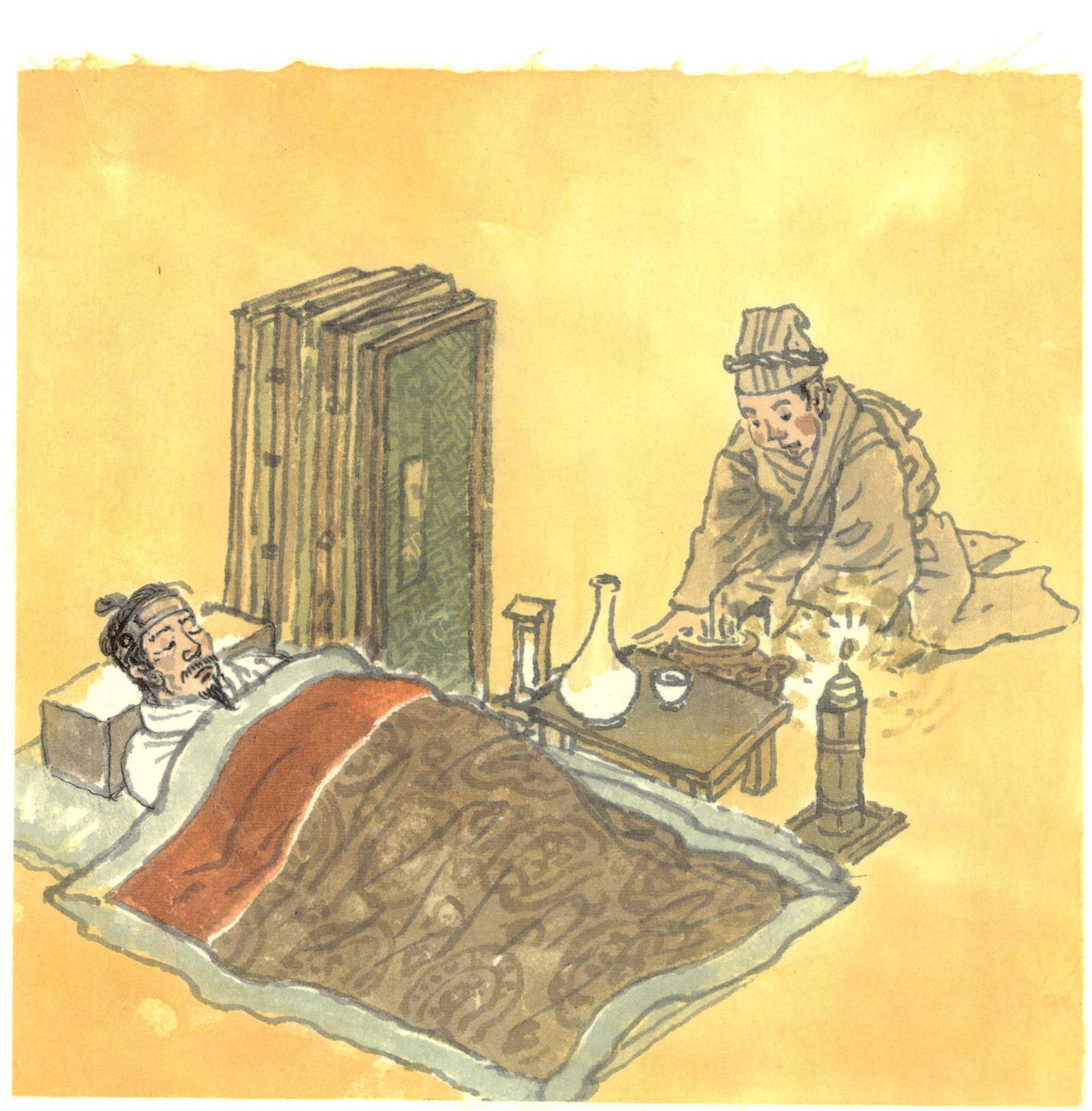

“아버님……”

셋째 아들은 부들부들 떨며 눈물을 참았다네.

그때였어. 마치 살아계신 듯 부드러운 아버지의 목소리가
들리는 거야.

“막내야, 망설이지 말고 어서 내 말을 따라라!”

셋째 아들은 아버지께 마지막 절을 올렸어. 그러고는 눈을
딱 감고 아버지의 목을 베었다네.

셋째 아들은 떨리는 손으로 아버지의 머리를 깨끗한
무명 보자기에 쌌어. 정성스레 품에 안고 구불구불 어두운
산길을 조심조심 걸어갔지.

풀숲에서 여우와 늑대 울음소리가 들려왔지만 전혀
두렵지 않았다네. 어느새 구름 속에 숨어 있던 달이
나타나 가는 길을 비춰주었지.

한참을 걸어 산꼭대기에 이르자 달빛 가득한 연못이
눈앞에 펼쳐졌어.

셋째 아들은 보자기를 평평한 곳에 조심스럽게 모셔두고 주변을 살펴 곧은 막대기를 구해 왔다네. 그리고 아버지 말씀대로 정북향으로 가서 연못 속에 막더기를 꽂았지.

순간 바람이 불기 시작하더니 연못 바닥에 구멍이라도 난 듯 물이 줄어들기 시작하는 거야.

순식간에 연못은 바닥을 드러냈다네. 신기하게도 바닥은 물기 하나 없이 보송보송하고 고운 흙이지 뭔가.

'아, 못 속에 이런 곳이 있었다니……. 역시 아버님은 비범한 분이시구나!'

셋째 아들은 흙을 파고 아버지 목을 안장한 다음 둥그스름하게 봉분을 만들었어. 그러고는 절을 올렸다네. 왠지 아버지가 편안히 잠드신 것 같아 셋째 아들의 마음도 편안해졌지.

산길을 내려와 마을이 점점 가까워지자 셋째 아들은 걸음을 멈추었어. 차마 집으로 돌아갈 용기가 나지 않았던 거야.

날이 밝으면 두 형과 마을 사람들이 목이 잘린 아버지의 시신을 발견할 테고, 자신은 천하의 패륜아로 몰릴 게 뻔하니까. 그러다가 사람들에게 맞아 죽거나 관아에 끌려가 죽거나 둘 중 하나가 아니겠는가?

셋째 아들은 겁이 덜컥 났어.

'그래, 차라리 아무도 모르게 한양으로 가자.'

셋째 아들은 누가 쫓아올세라 서둘러 발길을 돌렸지.

몇 날 며칠 밤낮을 쉬지 않고 걸어 겨우 한양 땅에
도착했다네.

와아, 이런 세상도 있었나? 셋째 아들은 눈이
휘둥그레졌어.

생전 처음 본 한양은 엄청나게 사람이 많고 복잡한 거야. 시전에는 없는 게 없고, 맛있는 음식을 파는 상점도 즐비했지.

하지만 셋째 아들에게는 넘쳐나는 산해진미가 모두 그림의 떡이었다네.

갑자기 도망쳐 나온 탓에 돈 한 푼도 없고, 이리저리 떠돌아다니며 비바람 피하기도 힘든 신세라니!

먹는 날보다 굶는 날이 훨씬 더 많았고, 운 좋게 심부름이라도 해서 따뜻한 밥 한 끼 얻어먹으면 그야말로 팔자 핀 날이었지. 해지고 꼬질꼬질한 옷을 걸친 셋째 아들의 모습은 영락없는 거지꼴이었다네.

'아무래도 내가 천벌을 받고 있는가 보다. 아버지
유언이라도 그건 해서는 안 될 일이었어.'

셋째 아들은 자신의 행동을 후회했지.

그러던 어느 날이었다네. 비는 추적추적 내리고 몇 끼를
굶어 기운은 없고……

밤이 되자 으슬으슬 몸살 기운까지 있어 셋째 아들은
도저히 한뎃잠을 잘 엄두가 나질 않았어. 이러다 죽지 싶어
땅바닥을 짚고 일어났다네. 어느 집 담장을 따라 비틀거리며
걷던 셋째 아들은 금방이라도 쓰러질 것만 같았지.

셋째 아들은 그 집 대문 앞에서 걸음을 멈추었어.

문이 빠끔히 열려 있어 살펴보니 제법 번듯한 거야.

'이런 집이라면 행랑채 구석에라도 재워줄 수 있을 것

같은데…….'

셋째 아들은 망설이다가 용기를 내어 대문을 두드렸지.

"계십니까?"

아무 기척이 없자 목소리를 높였어.

"계십니까? 하룻밤 묵어갈 수 있겠습니까?"

그러자 늙수그레한 하인이 나와 셋째 아들을 훑어보는

거야.

"지나가는 나그네인데 하룻밤 신세를 질 수 있겠는지요?"

당장이라도 주저앉을 것 같은 그의 행색이 안쓰러웠는지

하인이 따라오라고 손짓을 했다네.

"아이고, 고맙습니다요."

셋째 아들은 허리를 굽실거리며 하인을 따라서 안채로

들어갔어.

"마님, 젊은 나그네가 지나다 들렀는데…… 비까지 내려서 오늘 밤 제 방에서 재워 보내려고 합니다."

하인의 목소리에 안채 문이 열리더군. 머리는 하얗게 세었지만, 인품이 있어 보이는 어른이었지.

"어디 사는 누구인데 이 밤어 우리 집까지 온 것이냐?"

주인 영감의 물음에 셋째 아들은 어디서부터 어떻게 이야기해야 할지 몰라 말을 더듬거렸어.

"저…… 그게……."

그러자 하인이 나섰다네.

“마님, 이자의 꼴을 보니 며칠은 굶은 것 같습니다. 밥도
먹이고 옷도 좀 갈아입혀서 내일 아침에 마님을 찾아뵙도록
하겠습니다.”

셋째 아들은 눈치 빠른 하인이 그렇게 고마울 수가
없었어.

“그럼 그리 하도록 해라.”

하인은 셋째 아들을 행랑채로 데리고 가서 자기가 입던
깨끗한 옷가지를 꺼내 주었다네.

“고맙습니다, 어르신.”

옷을 갈아입자 하인은 그를 데리고 부엌으로 갔어.
그러고는 벽 중턱에 드린 살강(선반)에서 밥과 반찬을 거둬
차려주었지.

"찬이 부실하네만 밥이라도 배불리 먹게."

"아이고, 정말 고맙습니다. 감사합니다."

셋째 아들은 코가 땅에 닿도록 연신 인사를 했어.

그런데 오랜만에 밥 냄새를 맡은 배가 요동을 치기
시작하네.

하인이 나가자 셋째 아들은 볼이 미어지도록 허겁지겁 밥을 퍼 넣었어.

찬이라고는 김치에 짠지 하나뿐이었지만 살면서 그렇게 맛있는 음식을 먹어본 적이 없었던 것 같았다네.

밥 한 그릇을 뚝딱 먹어치우고 방으로 들어간 셋째 아들은 늙은 하인 옆에 쓰러져 곯아떨어졌어.

따끈한 방에서 오랜만에 편안히 잠을 잤네. 세상 편하게 코까지 골면서 말이야. 추위와 배고픔에 오그라들었던 사지가 녹신녹신 쫙 펴지는 게 이제 살았구나 싶었지.

다음 날, 셋째 아들은 아침 일찍 일어나 주인 영감을
찾아뵈었어. 단잠이 약이 되었는지 얼굴엔 혈색이 돌고
눈빛이 살아났다네.

하인이 귀띔하길, 주인 영감은 오래전에 벼슬을 그만두고
서책을 읽으며 지내는 양반이라고 했지.

"이목구비도 단정하고 멀쩡해 뵈는데 무슨 연유로 이렇게
구걸을 하고 다니는 게냐?"

주인 영감이 인자한 얼굴로 지그시 바라보며 물었어.
셋째 아들의 초라한 행색이 영 마음에 걸렸던 모양이야.

"저⋯⋯ 실은⋯⋯."

셋째 아들은 망설이다가 사실대로 자초지종을 고했어.

주인 영감이 관아에 고발해도 어쩔 수 없고 내쫓아도 어쩔 수 없지만, 왠지 이 어르신은 자신의 처지를 이해해 줄 것 같은 느낌이 들었거든.

설사 고발을 당해 옥에 갇힌다 해도 거렁뱅이보다 못한 이런 생활을 더는 하고 싶지 않았다네.

"천하에 불효막심한 행동이고 천벌 받을 짓이지만, 간곡하게 부탁하신 아버님의 유언을 저버릴 수 없었습니다."

셋째 아들은 고개를 숙이고 눈물을 흘렸지. 새삼 아버지의 얼굴이 떠올라 몹시 괴로웠다네.

주인 영감은 가만히 듣고 있다가 천천히 고개를 끄덕였어.

"그랬군……, 그런 일이 있었군."

주인 영감은 지그시 눈을 감았네. 그 얼굴에 얼핏 슬픈 그림자가 스치는 거야.

"아버지 시신에 손을 댄 행동은 엄벌에 처할 일이지만 그게 또 아버지의 유언이었다니……. 일단, 네가 마땅히 갈 곳도 없는 것 같으니 우리 집 일을 거들면서 지내보아라."

주인 영감의 배려로 셋째 아들은 먹고 잘 걱정 없이 편히 생활하게 되었어.

늙은 하인을 따라다니며 농사일도 척척 해내고 집 안팎도 먼지 한 톨 없이 깨끗이 쓸고 닦았다네.

집안사람들은 바지런하고 성실한 셋째 아들을 마음에 들어 했어.

어느덧 식구가 없어 고적하기만 한 이 집안에 셋째 아들은 활기를 불어넣는 존재가 되었지.

주인 영감은 성격이 붙임성 있고 살가운 셋째 아들을
옆에 두고 붓글씨 쓸 때 먹을 갈게 하거나 읽은 책의 내용을
애기해 주기도 했어.

공부를 많이 하진 못했지만 서당을 다니며 쉬운 책들은
읽었던 터라 셋째 아들도 즐겁게 주인 영감 시중을
들었다네.

가끔은 주인 영감이 권해주는 책을 읽으면서 시간을
보내기도 했지.

그렇게 평온한 하루하루를 보내며 셋째 아들의 마음도
안정이 되어갔어.

겨울이 지나고 여기저기 화사한 꽃들이 피어나는 봄이
되었어. 집안일에만 파묻혀 지내던 셋째 아들은 몸이
근질근질하는 거야.

어느 날, 주인 영감의 허락을 받고 장 구경에 나섰다네.
발에 날개라도 달린 듯 저잣거리로 향하는 발걸음이 그렇게
가벼울 수가 없었지.

호미, 쇠스랑 같은 농기구부터 짚신, 가죽신, 옷, 망건 같은
옷가지들은 물론 국수, 육개장, 국밥 같은 맛난 음식들에서
눈을 뗄 수가 없었어.

동대문 밖으로 나간 셋째 아들은 이렇게 사람 구경,
꽃구경에 취해 시간 가는 줄 모르고 돌아다녔지 뭐야.

정신없이 한참을 다니다 보니, 아차! 어느새 해거름인 거야. 뭣에 홀렸는지 산길을 꽤 걸어 깊이 들어온 상태였어. 산수유, 진달래꽃을 따라 걷다 보니 그리되었던 거지.

'큰일이네. 동대문은 이미 닫혔을 테고, 이를 어쩐다…….'

난감해하던 셋째 아들은 산 초입 쪽으로 다시 걸어 나갔어. 해가 져서 그런지 한낮과는 딴판으로 으슬으슬 한기가 돌았지.

부지런히 발걸음을 옮기는데 저편에 다행히 아담한 초가집 한 채가 눈에 띄었어.

반가운 마음에 한달음에 달려가 문을 두드렸지.

“계십니까? 아무도 안 계세요?”

문 두드리는 소리에 놀랍게도 젊은 여인이 문을 열고 나왔어. 이렇게 외딴 곳에 젊은 여인라니……. 그런데 지금은 그게 문제가 아니거든.

“제가 동대문 밖 구경을 나왔다가 이리 늦었습니다. 사정이 허락하신다면 하룻밤 묵을 수 있겠는지요?”

젊은 여인은 고개를 다소곳이 숙이며 그러라고 하더군.

“방이 하나밖에 없어 불편하시겠지만 그래도 괜찮다면

쉬어 가세요.”

방은 작지만 깔끔했고 정리가 잘되어 있었어. 젊은 여인이

부엌으로 나가 밥상을 차려 왔지.

여인네 혼자 있는 집이라 그냥 나가야 하나 어쩌나 잠깐

망설였지만, 셋째 아들은 추운 바깥에서 밤을 지새울

엄두가 나질 않았다네.

“걱정하지 마십시오. 조금 있으면 저희 서방님이 오실

것입니다. 편히 진지 드십시오. 가끔 길 잃은 분들이 오시곤

합니다.”

젊은 여인의 말에 셋째 아들은 좀 안심이 되었어.

셋째 아들은 고맙다는 인사를 하고 밥 한 그릇을 싹싹 비웠다네. 그러고 나서는 어찌나 머쓱하던지.

젊은 여인은 바느질을 하고, 셋째 아들은 멀찍이 떨어져 앉아 방 한쪽에 있던 책을 들어 읽었지.

책에 눈을 박고 있었지만 글이 머릿속으로 들어오지 않았다네. 무슨 얘기를 나누기도 뭣하고, 그렇다고 먼저 잠을 자는 것도 이상하잖나. 어색한 침묵이 계속되었지.

'남편이란 사람은 왜 이리 안 오는 거지? 답답해 죽겠네.'

밤은 깊어가고 멀리서 여우 울음소리가 들려왔어.
셋째 아들은 하루 종일 돌아다녀서 그런지 눈꺼풀이
천근만근이었다네.

어느새 깜빡 졸고 있는데 어렴풋이 누군가 들어오는
기척이 들렸지. 여인의 남편인 모양이야. 젊은 여인은 얼른
나가 남편에게 나그네의 사정을 설명하는 것 같았어.

셋째 아들은 자리에서 일어나 방문을 열고 들어오는
여인의 남편과 짤막하게 인사를 나눴지.

여인은 아까처럼 다시 부엌으로 들어가 밥상을 내왔고, 그
남편은 말없이 늦은 저녁밥을 먹었다네.

상을 물린 뒤, 세 사람은 거리를 두고 앉아 책을 읽거나 바느질을 했지. 상상만 해도 어색한 모습 아닌가?

'참 이상한 부부네. 원래 이렇게 입이 무겁나?'

셋째 아들은 슬쩍 부부의 얼굴을 쳐다보았어.

둘 다 스물이 채 안 돼 보이는 앳된 얼굴에, 별로 표정이 없고 아주 창백해 보였다네.

뭔가 사연이 있는 것 같았지만 차마 물어볼 수 없었지.

이 부부는 따로 잠자리를 준비하지도 않고 그냥 그렇게 앉아 밤을 지새울 심산인 것 같았어.

가시방석 같은 불편함에도 셋째 아들은 고단함을 이기지 못해 벽에 머리를 기대고 설핏 잠이 들었지.

얼마나 흘렀을까. 셋째 아들은 뭔가 이상한 기분이 들어 눈을 번쩍 떴어.

그런데 이게 무슨 조화람? 해는 이미 중천에 떠 있고, 자신이 풀밭에 누워 있는 게 아닌가.

　게다가 초가집은 흔적도 없이 사라지고, 어제 만난
부부도 보이지 않았다네. 셋째 아들은 믿기지가 않아
제 뺨을 때렸어.

　간신히 정신을 추스르고 주위를 살펴보았지. 아뿔싸,
초가집이 있던 자리에 묘지 두 기가 나란히 있는 것이
아닌가.

셋째 아들은 귀신에 홀렸었나 보다 생각하며 벌떡 일어나
온힘을 다해 달려 그곳을 빠져나왔지.

등 뒤로 뭐가 쫓아오기라도 하는 것처럼 셋째 아들은
그렇게 내리 달리기만 했다네. 비로소 머물고 있는 집에
이르러서야 긴 안도의 숨을 내쉬었지.

"어제는 대체 왜 못 들어온 것이더냐?"

밖에서 서성이던 주인 영감이 걱정스러운 목소리로
물었어. 셋째 아들은 얼굴에 비 오듯 쏟아지는 땀을 연신
훔치며 어젯밤의 일을 자세히 얘기했다네.

“참 이상한 일이로구나. 묘지가 있던 곳이 어디라고?”

“동대문 밖으로 나가 광희문을 지나니 꽃이 우거진 산길이 이어졌습니다. 꽃이 어찌나 이쁘던지 계속 따라가는데……”

셋째 아들이 자기가 쓰러져 자고 있던 묘지의 위치를 설명하자 주인 영감의 눈이 점점 커지는 거야.

“네가 보았다던 젊은 남녀의 생김새를 자세히 말해봐라!”

주인 영감은 짚이는 게 있는 듯 셋째 아들을 재촉했지.

셋째 아들은 창백한 낯빛에 어딘지 모르게 침울해 보이고, 별로 말이 없던 젊은 브부의 모습을 아주 소상히 여쭈었다네.

"아이고, 이런! 죽은 내 딸과 사위가 되었을 약혼자로구나. 작년에 유행한 역병에 걸려 고생을 하다 하필 혼인을 하루 앞두고 숨을 거두었지. 그것도 한날한시에……. 아마 자네가 우리 집에 머무는 청년이라는 걸 알고 자네 앞에 나타났었나 보네그려. 얼마나 한이 되었으면, 쯧쯧……."

무남독녀 외동딸을 잃은 아픔이 되살아나는지 주인 영감은 말을 잇지 못하고 눈물을 흘렸어.

　셋째 아들은 주인 영감의 모습에 덩달아 마음이
아팠다네.

　늙은 하인의 말로는, 딸이 죽자 그 슬픔이 너무 컸는지
이 집 마나님도 병이 들어 얼마 안 가 세상을 떠났대.
그래서 주인 영감이 더 쓸쓸하게 보였던 거야.

　‘그런데 왜 하필 나한테 그런 일이 일어났을까?’

　셋째 아들은 신기하기도 하고 께름칙한 마음을 떨칠 수가
없었지. 에이, 잠들면 다 잊어버리겠지 하며 이불을 푹
뒤집어쓰고 잠을 청했어.

그런데 웬걸! 지난밤에 만난 젊은 남녀가 다시 꿈에 나타나 공손히 절을 하는 게 아닌가.

"도령께서 저희 집에 기거하시는 것도 큰 인연이라 생각하고 감히 청을 올립니다."

주인집 딸이 먼저 입을 열었다네.

"도령의 아버님께서는 돌아가신 뒤 저승에서 가장 높은 분이 되셨습니다. 그러니 도령께서 아버님께 우리 둘을 다시 살아나게 해달라고 부탁해 주십시오. 도령 아버님께서는 얼마든지 그렇게 할 능력과 권한을 갖고 계십니다."

두 손을 모은 약혼자의 얼굴엔 간절함이 서려 있었다네.

"아니, 대체 내가 돌아가신 아버님을 어떻게 만난단 말인가요? 내가 죽어야 가능한 일 아닌지요?"

셋째 아들이 묻자 주인집 딸이 그 방법을 일러주더군.

"내일이 보름이옵니다. 자시(밤 열한 시부터 이튿날 오전 한 시까지)에 하얀 광목을 뒤집어쓰고 바다 밑으로 들어가면 무사히 아버님을 만날 수 있습니다."

그러더니 두 사람은 절을 하고 스르르 사라져 버렸어.

잠에서 깨어나자마자 셋째 아들은 주인 영감에게 달려가 간밤에 꾼 꿈 이야기를 들려주었지.

"대체 바다 밑으로 들어가라니, 그게 이치에 맞기나 한 일인지요?"

"아닐세. 한강을 따라 배를 타고 내려가다 보면 바다 밑으로 통하는 길이 있다는 소리를 들은 적이 있네. 내일 밤에 나와 함께 가보세."

주인 영감은 셋째 아들의 손을 꼬옥 쥐었어. 저승에 계신 그의 아버지한테 부탁하면 자기 딸과 사위가 살아날 수 있다는 꿈 이야기를 진짜 믿는 것 같았지.

주인 영감은 시전에 나가 손수 깨끗한 광목 한 필을
끊어 왔어. 그리고 초조하게 밤이 되기를 기다렸다네.

드디어 해가 저물고 달이 떠오르기 시작했어. 주인 영감과
셋째 아들은 광목을 챙겨 작은 나룻배에 올랐지.

두 사람은 노를 저어 한강 하류로 나아가기 시작했다네.

잔잔한 강물 위로 부서지는 환한 달빛.

동쪽에서 떠오른 보름달이 점점 커지더니 어느덧
머리 위에 와 있었어.

“움푹 들어간 저곳이 바로 바다 밑으로 들어간다는
지점이네. 걱정하지 말고 어서 들어가게.”

셋째 아들은 좀 겁이 났지만, 주인 영감의 간절한 얼굴을
보자 더는 망설일 수가 없었어.

셋째 아들은 하얀 광목을 머리에 뒤집어썼지. 그러자
신기하게도 마음이 차분히 가라앉는 거야.

배에서 다리를 빼내어 물속에 집어넣는 순간,
갑자기 몸이 아래로 쭈욱 빨려 내려갔다네.

"막내야, 어서 오너라."

어디선가 자애로운 아버지의 목소리가 들려왔어.
반가운 마음에 셋째 아들은 얼른 광목을 벗었지.

아, 여기가 대체 어디지? 용궁인가 아니면 극락인가?
화려한 궁 안 저편에 아버지가 왕관을 쓰고 앉아 계시는
거야. 그 옆에 고운 비단옷을 입은 어머니도 웃으며
아들을 반기셨지.

"아들아, 고맙구나. 네가 내 유언대로 해주어서 내가
저승 세계의 왕이 될 수 있었단다."

　부모님이 손을 잡아주자 셋째 아들은 가슴이 벅차서 뜨거운 눈물이 쏟아졌어. 그동안 자신의 행동 때문에 얼마나 마음고생을 했고, 얼마나 후회를 했던가……. 괴로웠던 마음이 한순간에 사라졌어.

　“네가 신세를 지고 있는 집 젊은 처자와 사위를 살려달라고 온 것이 맞느냐?”

　아버지가 아래 세상의 일을 다 알고 계신 듯 먼저 입을 열었지.

　“제가 가장 어려울 때 저를 거두어주신 분입니다. 부디 젊은 남녀를 살려주시어 행복한 생을 누릴 수 있게 해주십시오.”

"그렇게 하마. 네 효심으로 내가 저승에서 편히 지내고 있으니 너도 이제부터 부귀영화를 누리며 살아야지."

아버지는 인자한 얼굴로 고개를 끄덕였지.

"그리고 여기에서 나가다 보면 나쁜 짓을 하다 죽은 자들의 흉물스러운 모습이 보일 것이다. 애비의 유언을 무시하고, 네가 떠난 후 동생 걱정은커녕 오로지 재산 싸움만 벌인 네 형들도 보일 텐데 모르는 척하고 그냥 가거라. 여기 와서도 지들 잘못을 뉘우치지 못하는 한심한 놈들이야."

셋째 아들은 아버지와 어머니께 하직 인사를 올리고 궁궐을 나왔다네.

헤어지는 것은 아쉽지만 언젠가는 다시 뵙게 될 터라 슬픈 이별은 아니니까.

걸어오다 보니 궁궐 끄트머리 쪽에 흉물스러운 괴물들이 우글거리고 있는 거야.

셋째 아들은 얼굴을 찡그렸어. 그 가운데에는 몸이 뱀과 지네로 변한 형들의 얼굴도 보이지 뭔가.

셋째 아들은 안타까운 마음에 형들을 불렀어. 그러나
둘은 싸우느라 돌아보지도 않았지.

셋째 아들은 형들이 가엾고 불쌍했으나 자업자득이라는
생각이 들더군. 셋째 아들은 어서 이 아수라장을
벗어나야겠다는 생각으로 걸음을 재촉했어.

셋째 아들이 다시 광목을 뒤집어쓰자 순간 몸이 부웅
하고 떠올랐네.

밝은 달빛을 받으며 셋째 아들은 배로 다가갔지.

“고생했네. 아버님은 만났는가?”

셋째 아들이 배에 오르자 초조하게 기다리던 주인 영감이
물었어. 셋째 아들은 저승에 갔던 일을 차근차근
들려주었다네.

“고맙네, 정말 고맙네그려.”

주인 영감은 목이 메어 말을 잇지 못했어. 셋째 아들의
손을 맞잡은 주인 영감의 손이 따뜻했어.

집으로 돌아온 두 사람이 대문을 여는 순간, 그토록 꿈에
그리던 딸과 사위, 부인까지 버선발로 달려 나와
주인 영감을 얼싸안았다네.

"아버님!"

"여보!"

죽은 사람들이 살아 돌아왔으니 그보다 더한 기쁨이 어디 있겠는가? 웃다가 울다가 서로의 얼굴을 쓰다듬는 주인 영감 가족을 보고 있노라니 셋째 아들은 덩달아 행복한 기분이 들었지.

재회의 기쁨을 나눈 주인 영감 가족들이 번갈아 가며 셋째 아들에게 감사 인사를 건넸다네.

"도령 아버님께서 우리 딸과 사위뿐 아니라 나까지도 살려주셨어. 모두 자네 덕일세. 이 은혜 잊지 않겠네."

부인이 눈물을 글썽이며 셋째 아들의 두 손을 꼭 잡았어.

다음 날, 영감 집에서는 성대한 잔치가 열렸다네.
세 식구를 살아 돌아오게 해준 셋째 아들에게 고마움을
표현하는 자리인 동시에 딸과 사위가 혼례식을 치르는
자리이기도 했거든.

이 잔치에 동네 사람들을 모두 초대했어. 그들은 마치
자신의 일처럼 기뻐하며 감격해했지. 그 기쁨을 함께
나누었다네.

이튿날이 되자 셋째 아들은 주인 영감을 뵙고, 이제 그만
고향으로 떠나겠다고 말했지.

"저승에 계신 부모님을 뵙고 나니 고향으로 가서
부모님 묘를 보살펴 드려야겠다는 생각이 들었습니다.
형님들도 돌아가신 마당에 저마저 타지를 떠돌고 있으니
자식으로서 못 할 노릇입니다. 그동안 신세 많았습니다."

영감 부부는 몹시 서운해하며 장롱에서 커다란 함을
꺼냈어.

"이거 가지고 가게. 다시 나의 가족이 돌아왔고, 땅과 집도
있으니 돈과 패물이 필요치 않네. 자네와 자네 부친에 대한
은혜의 보답이려니 생각하고 고향에 내려가 잘 살게나."

셋째 아들은 받지 않겠다고 사양했으나 한사코 봇짐에
넣어주는 바람에 받을 수밖에 없었지.

셋째 아들은 고향으로 내려가자마자 아버지 어머니 묘부터 살폈어. 그리고 두 형의 시신을 찾아 양지바른 곳에 묘를 꾸며주었지.

셋째 아들은 아버지의 유언이 결국은 자식들을 위한 유언이었음을 깨달았다네.

얼마 후, 셋째 아들은 아담한 집을 짓고 땅도 마련했어. 그러고는 고운 처자와 혼례를 치르고, 일곱 자식을 낳으면서 알콩달콩 행복하게 살았다더군.

스스로 읽는 성취감, 스스로 완성하는 글짓기,
어르신 이야기책을 소개합니다!

도서출판 지성사에서 어르신들의 인지 기능을 활성화할 수 있는 우리나라 대표 문인들의 작품을 모아 큰글자책 〈어르신 이야기책〉을 펴냈습니다. 이 시리즈는 어르신들의 집중도에 따라 책을 선택할 수 있도록 글의 수준이 아닌, 원고 분량으로 나누었습니다. 긴글(70~120매), 중간글(40~70매), 짧은글(40매 미만) 그리고 그림책입니다.

〈어르신 이야기책〉은 어르신들께서 쉽게 책 한 권을 완독하는 성취감을 느끼게 해줍니다. 우리나라 대표 문인들의 작품이라 문장의 완성도 또한 높습니다. 무엇보다 회상작용이 일어날 수 있는 소재의 작품들로 구성되어 있어, 어르신들의 인지 기능 활성화(치매 예방)에 큰 도움이 됩니다.

짧은글

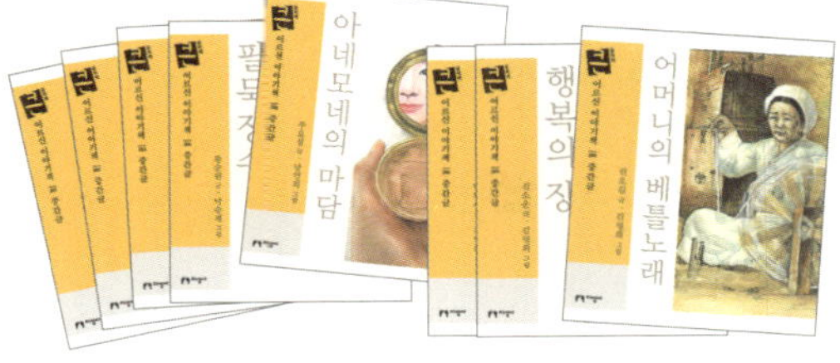

중간글

긴글

그림책

특히 그림책에는 두 가지 기능이 있습니다. 첫 번째는 집중도가 떨어지는 어르신들이 그림에 곁들인 한 줄 글을 마중물 삼아 당신의 기억 속 이야기를 말씀할 수 있게 유도합니다. 두 번째는 문해학교 등에서 어르신들이 스스로 글을 짓는 데 활용됩니다. 그림책에는 그림과 한 줄 글이 제시되어 있고, 여백이 있습니다. 어르신이 직접 글을 지어 채우는 공간입니다. 글을 완성한 후 표지에 이름을 적어 넣으면 세상에 한 권뿐인 어르신의 책이 완성됩니다.

그림책 014《내게도 딸이 있었으면》남인희 그림, 본문 20~21쪽 중에서

※ 여백에 어르신이 직접 글을 지어 채웠습니다.

※ 글짓기를 한 어르신의 이름을 적습니다.
어르신이 저자가 된 책 완성!!